시네 마테리아의 향연

sine materia의 饗宴

문학과 의식

Literature & Consciousness · Since 1988

시선집

148

김대정 시집

시네 마테리아의 향연

| 시인의 말 |

프루스트는 라브뤼예르를 소개했고
그는 시대를 넘어 보편적 젊음으로 인사했으며
나는 그저 눈을 맞추어 웃었을 뿐이다.
숨 쉬고 있음을 가끔 망각했으나
여전히 숨을 쉬고 있었으며
아리다 생각했으나
충분히 행복한 지금을 토닥인다.

2021년 7월

| 차례 |

2부

3부

4부

일러두기

1. 책에 쓰인 영문의 한글 표기는 외래어표기법에 따랐으며 일부는 저자의 의도를 반영해 예외로 두었다.
2. 쉼표와 마침표, 말 줄임표 등 문장부호는 저자의 의도를 전적으로 반영, 저자의 원문을 그대로 살려 표기했다.

1부

7번 국도에서 천 년 전 약속을 떠올리다

7번 국도에는
설렘과 가슴앓이가 뒤엉켜 있다

긴 세월 아련하게
잡힐 듯, 보일 듯,
미련한 기다림이 고개 떨구는
해동의 무릉도원과
폭염에 떨고 있는 석회 동굴이 있다

미끈하게 잘 빠진 그미가
내게만 주는 고운 이슬
가슴으로 받아 삼키면
구멍 난 과거가 메워지는 합궁의 영원

온 마음 쓸어가고
애틋함 슬쩍 밀어 놓는
산이었다가, 바다였다가, 강원도였다가,
경상도였다가, 매정하게 돌아선 이었다가,
버려진 청춘이었다가

홀로 다시 찾은 여기 잠시 서서
지긋지긋 눈 감아
태양이
눈물 속에 피어나는 걸
꾸역꾸역 바라봐야 하는 길

제초

목 졸려 올라온 풀뿌리가
끝까지 움켜쥔 흙을 놓친다
과실수를 위해
풀은 사랑을 잃는다.

풀을 뽑아 흙을 털어내며
나의 뿌리를 내려보곤
주저앉는다
많이도 움켜쥐고 있다

턴다고 다 털려나갈 흙도 없고
다 털고 씻어 햇빛에 말린다 해서
그 자리에 풀이 안 나는 것도 아니다
매년 그 더위 속에
뽑고 또 뽑아도…

일말의 탄성이 피어나면
흙은 안타까운 시선으로
눈물을 비친다

하지만

풀은 또 돋을 것이고,
또 뽑히거나
혹은 살아남을 것이고.

흙은 모두에게 자비로운 존재이고
살고 죽음은 풀의 운명
잉여라는 것은 갈구하다가 죽거나 연기되는 죽음

잡초는
왜 지구에 뿌리를 내렸을까
잡초가 잡초가 아닌
그 별이 있긴 한 걸까

천남성

옆에
있는 남자를
쪼아대는 여자에겐
쓰디쓴 첫사랑의 기억이 남아있다지
그 때
이미 연약한 여자는 죽고 말았대
눈물로 환생한 후로는
목숨 다하는 날까지 복수의 칼을 품고 사는 거라나
따라서
누군가의 첫 남성이었던 자는
평생 맘을 졸이며 살아야 하는 거래
조심해!
그 여자의 반반함에 넘어가지 마
맹독을 품고 있을 거라구

그리고, 그쪽도 명심해!
네가 키운 씨앗도 사내아이라는 걸

오늘도 여우가 시집을 갔다

추파를 던지며 살랑살랑
다가왔던 열일곱 지영이가
이별을 고한 날
파란 하늘은
눈가가 벌게지도록 울었다

여우가 시집을 갔다
수줍음을 옅은 미소에 담아내던
그 애가 어느날
동창 녀석에게 시집갔다

시집을 갔다
여우짓을 떨던 여자가
옛 남자에게 시집을 갔다

하늘은
서럽시리 파랗고
논두렁은 푸르고

여우비 오시는 날

물고기 예찬론

어머니 성화에
시골집에 가서 보신탕 한 그릇 먹고
옥수수, 가지, 고추에
심지어 메밀 베개까지 바리바리 싸들고
집으로 간다

마흔이라는 건
반찬들이 올목갖게 담긴 까만 비닐을 들고
경춘선 전철에서 쏟아지는 시선을
맛있게 받아 삼키는 분기점

다양한 시선들 모아
냉장고 가득 반찬과 함께 채워넣고
타박타박 길을 잡아
참치집에 자리를 틀고 앉는다

보신탕과 참치가 만나
서로의 매력을 타진하는 시간
채움과 비움의 반복인 소주잔은
삶의 경계 어디쯤에 대한 끄덕임

아무리 좋은 것이라도
짖는 것보다는
꼬리치는 것에 더 끌리는

시간의 숨통을 끊다

1330-44
흐릿하고 붉은 버스 현판이 우회전한다
1330-4, 옆면, 1330-4, 뒷면
버스가 기만한 시간이 현리의 밤을 서성인다
-44-4-4
벽을 오르다가 말라죽은 아프리카의 영혼들과
일상을 배반한 언어들의 카페 탈출 시도는 오늘도 실패했다
의미 없는 의미가 춤을 춘다
설득하고, 계약하고, 자랑하고, 맞장구치고, 관리하고, 쓰인 로캉탱이 부활한다
1330-441330-41330-4
정신을 차렸을 때 그는 없다
버스는 청량리 사창가를 향하고 있을 것이고
그곳으로 가는 건 아니라고 말할 게 틀림없다
흐뭇하다
뿌리친다
타락한 데미타세에 입을 맞추고 허리를 감싸 당긴다 그녀의 냄새를 상상한다 버스가 떠난다 돌아올 자리에 현재는 이미 없다 버스가 온다 1330441330413304 붉은 입술과 혀가 굶늘굶늘 잠이 는다 과거가 깨어난다 짧은 편지를

쓰다가 삼켜버리고 다시 잠든다 어제에게 전화를 건다
현재에 체류하는 어제가 대수롭지 않게 무슨 일이냐고
묻는다
딸칵!

국어 변천 역사 위에서

'–같아'를 '–같어'로 쓰는
'점심'을 '점슴'으로,
'공휴일'을 '공일'로 말하는 아비가
소년에게는 창피였다

소년은 아비가 되고
아버지는 노인이 되고
소년의 머리에 아비 이상의 세월이 내려앉고
춘원의 소설이 가슴에 둥지를 튼 어느 밤

국어사전을 펼쳐
아버지의 맞춤법과 발음을 읊다가
부끄러운 아들을 울어낸다
지난 시간 위에 눈물을 게워낸다

아빠는 그것도 모르고…

아이가
아비 된 소년에게 투정을 울고
소년의 아비는 인자한 웃음을 웃고
소년은

웃도 울도 못하고
눈 앞에 흐려진 세월을 닦아낸다

국졸이 태반인 시절에
기차 통학으로 고등학교를 졸업하신 아버지는
대학원 졸업한 아들도
초등학교 입학한 아들의 아들도
흐뭇하기만 한데,

희극 3곡

2021년 봄
전투화 소리는 없다
다만 들꽃이 피지 않는다
광화문 광장에 전투화 소리가 나지 않던 날
그 땅은 아스팔트로 덮였고
꽃은 땅속에서 울기 시작했다
한 때 들꽃이던 어느 꽃은
이제 꽃이 아니고
향기도 잃었다
푸르던 꽃이었던 꽃이 아닌 꽃은
푸르지 않은 모든 꽃에게
푸를 것을 종용하며 차가워졌다
그래도 또
봄이 온다
노랑, 빨강, 보라
가지각색 꽃들이 토닥이며 움을 번다
푸른 꽃도 어울리며 향기를 찾는다
다시 꽃이 된다

빈 방

행여라도 찾아줄까 하는
기대가 이렁성거려
몇 날, 몇 주, 몇 달에 걸쳐 뜸들이다가
애처로운 기대를 그루박은 여자로 하여
포장이사 계약을 해 버렸다
이 주 동안에도 그녀는 오지 않았다
더 이상 그녀가 찾지 않는
방을 빼 짐을 옮긴다.

짜장면을 먹어야 하는 날이라나
차마 혼자 하기 힘들었던 일을 해 준
인부들에게 쌈밥에 수육까지 먹여 보내고
짐들을 꺼내 다시 정리한다
잡지와 앨범은 연도별로
책은 주제별로
지난 일 년간 한 번도 입지 않은 옷은 중고장터로
지난 일 년간 한 번도 오지 않은 그녀는 과거속으로

새로운 공간에 아무렇게나 부려진
빈 방

공병 환불

빈 집에 들어 마셔댄 소주병 싸들고
구멍가게 나가 판다
품에 안겨 울던 한 때
함께 팔려나가는 순간
한 박스 팔아 받은 돈은
누가바 두 개 값
한때 사랑이라 불렀던
순간들이 아이스크림 되어 녹는다
딱딱하고 무른 두 마음 받아들고
소주 한 병 사들고
빈방에 들어 시그러진 시간

빈 소주병을 팔아
소주를 산다
쓸데없는 윤회가 속을 훑고 지나간다

느낌에 관한 보고

흐트러진
하얀 구름을 찍어 바르고
셔츠 속으로 파고드는
황사 낀 바람을 털어낸다

봄은 이미 왔다

닫힌 창 안에서의 햇살은 따스하기만 한데
쇼윈도 안 마네킹의
애절한 눈빛은 내가 잠시 얻어 신고 있는
구두 한 켤레의 몫
그리고
그 눈빛을 쓸어 담는 눈빛

믿고 싶었던 느낌은
겨울바람 타고 날아간 지 오래

그의 품에 안겨 웃는 그녀 안에
봄은 진작 와 있었는데,

오해

곰팡이가 꽃을 피울지라도
빗방울이 느낌표라면
나는 장마로 접어든다

원치 않는대도
비는 내릴테지만 이왕이면
맨발로 나가 맞아드리리
저항의 무능함을 알기에,

수천수만의 빗줄기로 치환되는 새벽의 상처
적당히를 요구하지만 협상 따위는 없었다
처음부터

이제 우는 저 소리는
비의 것도, 새벽의 것도, 하늘의 것도
심지어 내 것도 아니다
길 잃은 목자를 부르는 늙은 양의,

생인손

등짝에 소금꽃 피워내다
낫질에 튕겨 오른 매실나무 가시
손가락 깊숙이 다녀간 자리에
젊음이 앓고 있다

썩어지는 손톱 같은 사랑
일상을 휘어 감는 고독한 환희
구름 뒤에 숨은 정열의 냉가슴

부모님 늙어가는 그늘
슬쩍 던져진 회상 같은 흔적이
밤의 길이를 재단한다

앓을대로 앓고서
수술실에 누웠더니
꼬리 자른 가시
사랑을 갈구하고 있었구나

너를 뺀 자리에
아련하게 밀려드는
추억같은 고통

빤스 한 장

슬픈 영화를 보고
집에 들어오면서 치킨을 샀다
안면 튼 사이라고
콜라 대짜를 넣어준다는 걸 놔두랬더니
결국 캔맥주 하나가 콜라 자리에 끼어들었다
일상 탈피는 양념 반 후라이드 반의 파기에서부터였다
그러나 반반의 유혹은
그 미끈한 다리와 요염한 날개죽지 사이에서
나를 흔들고 있다
다리 하나 반
날개 두 개, 맥주 한 캔
창밖엔 가을 공기가 날고
베란다엔 빨래가 익어간다
네가 고른 낡은 빤스 한 장
너를 생각한 시간만큼 늘어져
저 혼자 지쳐 스러지는 밤,
몹시 그리운 가슴에
야멸차게 스며드는 적. 막.
치킨이 식고
맥주와 여름해가 식고

미친듯이 물구나무를 선다
빤스가 주르륵 흘러내리는 소리가 들렸다

알음앓음

– 최주식 선생에게 부치는 노래

밖으로 밀어내는 빼꾸기짓으로
여자에게 자식새끼 심어 부탁했더니
사랑과 정성 열 달 못넘겨 밀어내버리더라
합일되지 못하고 밀쳐낸 것이 미안하여
한평생 끼고 사랑해주마 품으려 하건만
내어졌던 기억 자락에 매달려 평생 맘을 아리이더라
몸 밖으로 나온 이상
이미 하나의 주체이건만
숨쉬는 이유로 주체와 객체 사이에서
괴로워하며 가벼워지는 운명
가벼워지는 건
무거움에 대한 반증임을
시간이 살짝살짝 귀뜸하며
주머니를 털어간다
내어놓은 것이 미안해지고
더 내놓을 것 없어지는 나이에
아내는 계란이나마 사서 쌓아놓고
밤새 품어보마는데
철없는 남잔 새벽마다 내다판다
철들면 죽는다는 농담을 이죽이며

아버지 붕알에서 나와
어머니의 노른자 빼먹고
평생 알장사 하며
알알거리는 새끼들 먹이고자
글향 선생 알머리 훌렁 까지는
시같은 인생을 앓는다

구름 조금

맑지도 흐리지도 않은 하늘에는
희뿌연 햇살이 불투명하고
먼 길 가는 새 떼들은 높기만 하다.
구름이 만들어낸 왜곡 속에서
사람들은 그저 구름을 찬양하며
본질을 잃고 서성인다.
서성이며
누군가는 시를 쓰고
누군가는 시를 읽고
누군가는 계산을 하고
누군가는 영수증에 찍힌 과거를 주머니에 넣고는
그저 그런 내일을 또 주문한다.

2부

거혼

이리 오세요
그대는 내 남편이 될 것이니,
그대가 갖고 있는 육체의 아름다움을 내게 주세요,
이슈타르의 청혼에

가을마다 우는 양치기의 눈물로
롤러카나리아의 부러진 날개짓으로
구덩이에 빠진 사자의 힘자랑으로
채찍에 얻어맞는 씨리리 아들의 눈물겨운 질주로
늑대가 된 양치기의 정강이 피로
허수아비가 된 대추야자 정원사의 침묵으로
그대를 사랑합니다
나의 발기된 심장은 당신을 위한 선물이지만
한 발짝만 떨어져 그저 분노하세요
바라만 보세요

화려한 과거에 고개를 숙이고 눈물을 보인다면
그러나 그 모든 과거를 깨끗이 잊는다면
내 어머니의 빵은 익어갈 것이고
그대가 원하는 손길로 다가와도 좋답니다
미안합니다

나의 답변입니다
미안함이란 당신이 그럴수 없음을 앎이지
결코 미안함이 아님입니다

아버지의 눈물

아버지는 화장실에 들어가 꺼이꺼이 우셨다.
느닷없는 큰고모의 부고에
아들은 제 부모를 먼저 생각하지 않을 수 없었다.
아니,
어쩌면…
중동호흡기증후군 사태로 드러난
대한민국 국민들의 무능한 대처와 맹목적 비난에서
스스로를 건져내고 싶은 속셈인지도 모를 일이다.

개그 프로그램은 우왕좌왕하는 정부를 꼬집었고
관객은 통쾌한 웃음과 박수를 보낸다.
시나브로 감염자가 된 전파자는
직업과 능력에 상관없이 무개념이라는 족쇄를 차고
신열보다 높은 비난의 재채기들에 묵묵히 오염된다.

일단은 내게 아무 일도 없고
따라서 손가락과 붉은 혀는 훌륭한 공격 무기다.
고민은 무기와 멀지 않은 머리와 가슴에서 일어
손가락과 떨리는 혀로 실현된다.

세찬 소나기는 아버지의 폭풍같은 눈물이었다.

언제 그랬느냐는듯 빗방울이 잦아들고
아버지는 꾸역꾸역 물에 만 밥을 뜨셨다.

아들의 이성과 당신의 눈물 속에
시간은 흐르고
누군가는 태어나고
누군가는 떠벌이고
임란이나 흑사병은 지나간 역사가 되어 숨쉬고 있는데
고모는 소나기처럼 다녀가셨다

시인의 에스프레소

2500원에 매수된
영혼과 육체
영혼은 불특정 다수에게
육체는 카페 홍보를 위한 미장센으로

육체는 육체에 팔려나갔고
구체적으로 눈빛에 팔렸다
행복한 눈동자 속 영혼은
무슨 책에 끄덕이며 야릇한 미소를 짓는지
누구도 그 심연을 읽어내지 못한다

헛것을 보고
헛짓거리만 하다 마는
자본주의의 헛헛한 영혼들

사회주의에 물든 건 아니다
겉늙어버린 허무주의의 옷을 걸쳤는지
지독히 고상한 데카당파에 매료됐는지
확실한 건 없다

소주는 두멍했나

투명은 속내를 투영했고
시간의 허상을 벗겨내며
흔적도 없이 몸으로 스며들어 버린다

시끄러운 젊음을 국방부에 할당한
무뢰한들의 목소리가 점령한 현리
영혼을 판 작부는
야릇한 몸짓으로 애태우다 사라지고

내일도, 모레도
오래도록 호객행위를 하며
취할 듯 향기롭게
다리를 꼴 것이다

서울의 유년 이야기

그런 시절 있었지
큰물 나면 어김없이 강물이 역류해 올라오고
분뇨와 뒤섞여 낮은 서울을 쓰다듬었지
여리고 착한 아이는 아무 말도 못했어
눈만 끔뻑이고 있어야 했지
지상의 이인자를 조롱하듯 하늘은 우렁차게 울고
경종대왕 석비를 때리는 총성은 초라했고
똥내 나는 아이는 아무 말 못했어
너무 어렸지
근데 말이야, 사실
그 아이, 전생에 500년을 살았다지
전생에도 큰물 나면 똥내를 풍기며 살았다지
칼 끝에 매달려 의연하게 동동거리며 말이야
권력과 충성은 초조를 낳고
분노와 뒤섞여 역류되곤 했던 거야
똥내 나도록 의연하게
그런 시절 있었지
아이는 자라 청년이 되고
큰물이 들어도 허우적대지 않게 되었어
근데, 왜,
냄새는 여선하시?

그런 시절 있었지
통금 사이렌과 호각소리 사이를 걷는 남자에게
"당신 뭐야?"
"아, 수고. 나 이문동이야."
"수고하십니다."
경례 척 붙이던 그런 시절 있었지

맹목

술 취한 목소리가 비비적댄다

그 선생님은
얼마나 지혜로운지 알아요
아파죽겠다고 주사 한 방 놔달라면
절대 안 놔줘요
왠지 알아요
몸에 안좋다 이거예요
그냥 의사가 아녜요
세미나에 가서 활동하는 훌륭한 사람이에요
뭔 말인지 알아요
맞아요 안 맞아요
인생이 그래요
뭔 말인지 알아요

술 취한 말이 휘청이고
주변이 거슬리는 일행의 귀는 슬쩍 문을 닫는다
옆자리 객만이 쫑긋 받아적으며
맹목이라고 쓴다
뭔 말인지 알아요?

같은 이유

형, 진짜 담배 끊었어?
어
술도 안 마시고 무슨 재미로 사냐?
죽을만큼 아프니 끊어지더라

돌연,
아픈 사랑과 등돌린 밤이 생각나
술 생각, 담배 생각
떨치려 책장을 펼친다

아팠던 게 아팠다 할 수 없고
잊고 산 세월 잊었다 할 수 없으니
끊긴 무얼 끊어
기껏해야 잠시 쉬는 게지

생각 말자는 지금이 골똘한 생각이니
쉬기는 무얼 쉬어
마음 깊숙이 밀어넣어 놓고는
토해내고 삼키는 일상으로 함께 가는 게지

여수를 떠나며

작달막한 공항이 꺼내놓은 세 시간
1층 아니면 2층
책을 펼치고 차를 주문하고
전라도 말씨와 표정을 읽어나간다
나를 사랑할지도 모를 여자가
귓가에 들락거리며 애먼 간지럼을 긁어댄다
한 무리의 부산함이 5분간 서둘러 다녀나가고
공항은 다시 외로움을 펼쳐 읽는다
쓸쓸한 발바닥은
그나마도 몇 안되는 눈짓을
애써 외면하며 서성이곤 한다
그래봐야 결국 다녀가는 눈빛일 뿐
누구 하나 이 품에 안겨 정착하리야
멋지게 차려입고
총총총 지나치는 눈꼬리들
하기사 바퀴 달린 떠돌이들의 여각으로서
다녀가는 이를 탓하리요
몸 웅크려 제 몸보다 작은 비행기에 올라
익숙한 낯섦으로 길을 잡는다
가슴이 뛴다
열 다섯 그 때처럼

공항이 떠나고 남은 빈 자리
책을 주문한 찻잔이
허전함을 잃고 있다
평정을 읽고 있다

말하지 못한

간밤을 뒤흔들던 바람이
햇살에 녹아
서산을 넘어 잠든다

푸른빛으로 얼어붙은 민들레
땅과 하나가 되어 있다

언 몸으로 밟혀 바스러진
전하지 못한 그리움

투명한 잎맥에 그려진
사랑 같은 사랑

어쩌면
봄이 올지도 모른다는 싱거운 날

불사를 삶이 아직 남아있다
말하지 못한 후회가 얼어있다

달래야

달래가 쇠니 두릅과 오가피가 반기는
봄날 오후
물을 끓인다

달래는 갔다
갔다
내년에 다시 오마
기약도 없이 떠났다
무정한 것
아린 것

물이 끓는다
내가 끓는다
두릅, 오가피 넣어 데쳐내는데
네가 끓어 넘는다

야속한 것

가리사니꽃의 노래

겉으로 드러나는 성장 속에
말하지 못한 통증은 지병이 되어
성과와 실적이라는 단어에
아버지와 어머니가 물려주신 속정을
묻어버리고 말았다

흔들리며 피는 것이 꽃이라는
어느 시인의 말에만 지나치게 충실했나보다
좌로도 흔들렸고
우로도 흔들렸다

끊임없이 밟혀가면서
계속해서 피다보니
대한민국 꽃은 이래야 핀다고
아예 흔들어대고 밟기도 했나보다

흔들지 않았노라고도,
성장을 위한 어쩔 수 없는
희생이었다고도 했다

살아야 했다

잡초가 무리지어 서로를 밀어내는 속에
맑은 영혼을 가진 꽃들이
잡초의 그늘에 들어
빛이 바래는 줄도 모르고
서로서로 흔들어
꺾이고 시들고 있었다
모두가 다 네 탓이라고 하며
내 그림자의 탁함을 꼭꼭 접어 감추었다

국민들은 정부를 탓했고
정부는 공무원을 탓했고
공무원은 기업을 탓했고
기업은 국민을 위한 성장통이라고 했다

비난으로 점철된 혀와 손가락은
중심을 잃으며 흔들렸다
좌로, 우로,
정부로, 경찰로, 학교로,
기업으로, 검찰로, 금융으로, 언론으로
그리고
너에게로,

너에게로,

그렇게 세월이 흐르고
그렇게 파도에 휩싸여 흔들리고
결박해 놓지 않은 인간 본연의 사랑이 넘어지고
나만 멀쩡한 세월에
이렇게 만든 너 때문이므로
나는 어떻게든 살아야겠노라 외쳐가며
죽은 인간성이 살아내는 동안
산 영혼들은 죽어가야 했다

내가 살기 위해
네 탓을 하는 사이
영혼에 피멍이 들어가고 있다

애먼 죽음 속에
힐난과 네 탓이 피어나고
핑계와 변명이,
좌절과 분노가 흔들리며 피어나고
거탈 속에 잠긴 내가 피고 있다

그대, 조용히 울부짖어
피울음 토하는 것은
그대가 꽃이듯
우리도 꽃이니 이젠 멋스럽게 흔들려
그윽하게 피어나라고,
자신있게 홀로 서서
서로서로 기대고 의지하여 피라고,

희망으로 나를 보는 그대의
맑은 가슴을 내가 이제 들으니
자격도 없는 눈물이 주책없이 터지는도다
내 탓이로구나
내 탓이로구나
내 탓이로구나

살아야 했다
기필코 살아야 했다
살아야 하기에 어쩔 수 없다던 검은 바람이 아니라
이제 막 피기 시작한 그대가 벙글어
그 미쁜 색을 세상에 풍겨야 했다

미안하게도 그만
그저 미안하여라

이젠 그만 흔들리고
고이 잠드시라

달을 끄리라

가을이 시작되고 2주 간
달빛이 차오르고
천변 반딧불인
넓고 깊게 숨 쉬어 한껏 교태를 부리면서
무심히 제 불을 피워내고
시끄럽던 시내가 눈을 반짝이며
마른 침을 삼키는데
미련한 시간은 나를 돌려 세운다
계절이 가며 그리움을 벗고
추억에 영혼을 팔면 반딧불이가 눈을 뜬다
더 이상 숨을 참을 수 없을 때
달이 돌아눕듯
우리의 밤도 돌아 돌아오리라
시계 속에 갇힌 새벽이
묵묵히 제 태엽을 감는 것이 선연해지면
나는 말없이 잔을 건네리라
그리고,
그대 위해 저 달을 끄리라

회상

비의 심지가 굵고 빳빳한 날
봄과 여름 경계에
날카롭게 던져지는 추억 접어
문 밖에 슬며시 내놓는다

젖지 않기 위해
빗속으로 들어간 사람
유난히 그리운 오늘

너의 집을 서성이다
온 저녁
눈두덩 두드리는 빗방울
후득후득 후드득후득

젖지 않기 위해
비가 되려는 밤
그날보다 딱딱해진 빗방울
허물어져 운다

아무도 집어가지 않는

기억 되들여 놓고
가만 닦아내는 허무

보들레르, 발터 그리고 에스프레소

소녀의 손을 잡아
터진 입술에 갖다 대고
향기를 마신다
데미타세가 담고 있는
판매원의 눈빛을 마신다
시가 삶이,
삶이 속물이 되는
패션과 댄디의 경계에
시인이 철학을 구매하고
삶이 시인을 구매하고
어둠에서 화려함이 팔려나간다
아이가 묻는다
인생이 왜 씁니까?
죽어있던 시계 초침이 고개를 들고
잘 살려고 하니까 쓰지!
여자가 묻는다
그래서 사랑이 뭡니까?
시침이 답한다
익숙해지지 않으려는 익숙함이지!

가을 전어의 귀가

그 여자의 외출
익숙한 거리를 떠나
낯선 길에 복사되는
영혼의 단조로운 방황

그 가을의 이별
그리움으로의 회귀
목젖을 떼인 절규

조건부 가출
너른 바다에 희석된
젊은 땀내음의 유혹

숯불위에 익어가는 추억을 더듬는다
여자의 몸에서 비늘이 반짝인다

석류꽃 피는 날

입술에 비친 붉은 석류 두 알
남몰래 훔쳐보았던 꿈자리를 털어
겨울을 떠나보내네
그리움을 벗고 고개 드는 봄
새소리 피는 자리에 꽃이 우나니
피었다 지는 운명 때문인가
무한증식하는 열매를 무슨 수로 감당하리
잊으려 할수록 또렷해지는 님 그림자
툭툭 벌어져 핏빛 기억 쏟아내는
아린 넉 달 지나도 다시금 찾아오는
차가운 열병의 계절
아아 보고 말았네
입술에 흐르는 이슥한 기억
다시 꽃이 피네
심장에 묻어버린 사랑이
제멋대로 더치어 들레네
그대,
고약한 하데스의 저주여

우울

지난 늦가을 페르세포네를 가슴에 묻었다
봄이라는 것이 슬금슬금 피어나는 것인가
아득한 현기증이 옷을 벗더니
이내 홀연히 사라지는가
저 깊은 곳 석류빛 웃음을 흘리는
잔인한 하데스의 열정이여
다시금 땅이 얼고 바람이 차구나
봄이 오는 것도
바람이 찬 것도
모두 반갑지 않다
돌연
의도치 않은 곳에 떨어져 서성인다

마리아

태조 임금님 능지기로 일하는
한철수 시인
남들 노는 공휴일이 제일 바쁘다고
투정하면서도 관람객의 눈동자에 조선을 이식하며
입꼬리에 마른 침을 밀어놓는다

사람 좋아하는 능참봉
철수 형님
사람 좋아하는 만큼이나 술 좋아해
뱃속 저장공간 아무리 증축해도 한계가 있어
엉덩이까지 침범을 했다나

테스토스테론 팔아 술 바꿔먹더니
드디어 내일 첫생리 터지는 날이란다
부처님 오신 날 맞춰 여자가 된단다
첫생리 이전에 이미 배부른
배부르기 이전에 수많은 잠자리로 닳고닳은
만인의 연인,
동구릉의 타락한 마리아

축복의 빨간날 맞이한다는,

3부

광릉 자규사光陵 子規詞

자진하라, 자진하라
낮밤 자규子規 울어 대는데
지금이 낮이더냐 밤이더냐

상왕 전하 그대는
피울음으로 처연한 꽃을 피워
신선이 되었다지요

꼬-옥 접동接東! 꼬-옥 접동接東!
찾아가 사죄를 하고 싶다만
문무 석인들 노려보기에
혼유석에조차 올라보지 못했다오

하늘의 뜻이었다
이제는 말 못하오
안팎으로 검은 까마귀라
미안하다조차 말 못하오

의사충신義士忠臣 그대를 에워 안고
생사만신生死萬臣 이내 곁에
노여운 그림자 날카로워라

자진하라, 자진하라

꼬–옥 접동摺同! 꼬–옥 접동摺同!

같음의 이면

퓹,
흑싸리?
난 광이야 이것들아

오, 정말?
근데 그럼 뭐해
혼자선 아무 것도 못하잖아
그것도 똥냄새 나는 집안

지랄들 났네
다 그렇고 그런 놈들
늬들이 서비스 장을 알아?

피딱삼씨가 거칠게 화툿장을 엎어 섞으며
육백 원을 사타구니 밑으로 당긴다
까보기 전엔 알 수 없는 게 인생이야
까봐도 알 수 없는 게 사람 마음이고,

꽃뜰아참

남강여관 202호
이만오천 원
여관방만한
선술집에 앉아 한라산을 마신다
다닥다닥 앉은 사람들 사는 사정
빤히 들리는 지척에
이웃집 냄새가 그윽하니
사랑에 푹 빠진 중년 남녀 눈빛 달고
뭍에서 온 친구와 앉은 섬총각 입 걸고
조용히 앉아있는 삼촌 풍체 좋고
꽉 찬 테이블 시중하는 주인네 투박하다
산은 엄두도 내지 않았는데
산이 나를 취하게 하니
그 심보 고약허다
답답한 귀경길처럼 막혀버린
싯귀에 퍼질러 앉아
남은 밤 부리니
여기는 대정 꽃뜰아참이라

꿈

바닷가에 서면 수평선이
초원에 서면 지평선이
끝인지 시작인지 모를 선으로 당긴다
모든 경계는 하늘과 맞닿았으니
걷다가 보면
노 젓다 보면
날아가다 보면 결국 하늘로 드는가
제주행 비행기 창에 붙어
하늘과 맞닿은 구름을 본다
하늘로 가는 것인가
얼마전 세상을 등진 후배 걸이도 저 하늘로 갔는가
어둠이 내리면서
구름이 검게 젖고
저기 먼 운평선 가까운 하늘은 누렇게 그을린다
기체는 구름에 물들고
20F 좌석은 노란 독서등에
팔딱이는 심장은
옆자리 아름다운 아가씨의 볼빛에 물든다
비행이 끝나갈 즈음
구름 밑으로 떨어지며
하늘은 사라졌고

그녀는 어디론가 발걸음을 내디뎠다
하늘은 꿈이었는가
허상이었는가

익숙치 않은 그리움에 날개 돋는다

9월 30일 대정

비가 올 줄은 알고 있었다만
지면 20° 방향에서 날아올 줄은 몰랐다
남강여관을 나서자마자
레인코트 밑단을 들추며 사타구니까지 희롱한 빗줄기
바지를 타고 내려 신발 속에 헤쳐모였다
질펀한 신 위에서의 위로
송악이 뵈는 카페에 들어 책을 보며
사나운 바람소리에 바짓가랑이를 말리고
십여 분 걸어 형제섬 앞에 눈빛을 조인다
조용한 게스트하우스 2층 너른 창 밖으로
바람도, 나무도, 파도들마저
제 자리를 갈구하며 절규하고
섬과 산만 흔들리지 않고 꼿꼿하나
나는 알고 있다
하늘에 닿지 못하는 그들의 설움을

구월이 다 가도록 구월에 닿지 못하는
대정에 안긴 대정

키 작은 프리데만 씨에게

술이라면 질색하던 첫 아내가 취해서
안방에서 슬며시 놓쳐버린 것은
내가 아니라 인권이었고
취한 것은 여권이었다네
부러진 것은 허리가 아니라 굴욕적 시선이었지
길다면 긴 겨울 지나고
흰 머리에 햇살이 나눠질 때면
활자뭉치와 커피가루가 왈츠를 추고
먼 산에 눈 녹는 풍경이 미소짓고
강기슭은 간지럼에 움츠렸다네
행불행을 넘나드는 허무맹랑한 여유에
붉은 피 잔잔히 넘실거리는
교양 떠는 고전 속 지나간 독백이었지
나는 작아지고 있었다였어
이제보니 나는
결코 작지 않은 프리한 문득 씨

시네 마테리아

새벽닭이 운다
달무리가 흐릿하다
술잔이 취하지 않는다
오늘밤은 잠들지 않으리
이내 잠들지 않는 밤이 되리
그미 그려 그림자 같은 이밤
홀로 그리는 그리운 그밤
현실과 비현실의 혼돈
우리의 바램
나의 밤이 나를 재우고
내가 이밤을 깨워
닭의 목청에 칼칼함을 끼운다
새벽닭이 운다
알싸한 달의 눈물을 받아
잔을 채우고 마음을 비운다
닭이 운다
목구멍이 간질거린다
달이 운다
울어울어 흐려진다
밤의 그림자가 녹아내린다

내가 점지되는 새벽
어스름 운다

시작

가로와 세로의 관계에
정비례와 반비례 혹은
제3의 것이 있는 세계
보편을 차려입은 백화점
내가 수학을 못하는 이유가
그대 눈짓 속에 읽힌다
화성 또는 금성에서 정리된 피타고라스는
외워지지도 실생활에 적용되어 본 적도 없다
내가 x가 아니듯 그대 y가 아니기에
우리는 도형이라기보다는
한 편의 시가 되는 걸,
수많은 x를 헤매며 흘린 눈물
흔한 y 곁에서 자아낸 눈물
결코 xy가 될 수 없었음을,
한숨과 상념은 자모가 되고
음절 되어 어절이 되었음에도
x 혹은 y만이 난무한 계절에
한 줄 시 되어
서로의 기준이 되어
성분 다른 눈물이 되어
서로에게 다가가는 중이다

공존의 각

직각의 시선 안쪽으로
같이 있지 맙시다
날카로운 예각의 두려움에
횃불을 당기지 말기로 합시다
물러터진 둔각으로
애처로이 그윽합시다
때로 차갑게 때로 측은하게
흔들리는 촛불만 향하여
서로의 눈짓을 경계합시다
그러나
직선마저 되지 맙시다
같이 서 어깨 걸거나
마주서 팽팽한 빛이
어디로 튈 지
아는 이 모르는 이 없지 않습니까
천천히 천천히 밀어내는
곧은 듯 그 안에 섭시다
지긋이 곰삭아 푸른 풀밭을 낳아봅시다

방

–화장실–
화장실에 가둬 놓았던 달빛
묘한 웃음 지어 홀린다
맞설 눈을 들지 못한다
먹통이 된 전원 스위치,
이미 패배다
가둔 것 내 심장임을
잔인한 벽 낄낄거린다

–신방–
조심스레 발길을 옮겨
자식놈들 건넨 용돈 몇 장 묻어놓은
오래된 안방
새로 장만한 평면 TV 전파의 근원이자
햅쌀 찧어 쌓아놓은
이쪽 말고 저쪽에 문이 달린
식구들 몰래 아끼고 아껴 새로 마련한
늙으신 어머니 머리 속 소중한 그 방

–번데기–
꿈틀대는 벌레 따위에게

안방을 앗겼노라 외할머니께 투정하며
건너방으로 들던 밤이 있다
각자 자신들의 가장 비싼 방을 장만하고
외로움에 갇혀 죽어간
결국 버림받아 씹을 거리로 거리에서 팔려나간
촛불 아래 포장마차의 그네들 방

–이상의 육면각체–
누구나 다 아는
은밀한 영혼의 가장 깊은 수렁
깊이만큼 달콤한 황금빛 탄식
이놈 저놈 빳빳한 지폐들고 다녀가는 암전
붉게 흘려내는 초야의 외침
미친 척 미쳐가는 미쳐버릴 선분들의 점
점점 점
씨네 마테리아

–감방–
안드로스테론 설계
세로토닌 분양
옥씨 부부 살다 나간 방

두 눈이 느끼지 못한 색
가슴이 보지 못한 온기
사람 사는 흔적

내 것 아닌 그들의 타자,
죄지은 자들의 교화소

다시 판도라

경배하라
경건한 부활을 찬양하라
그의 턱수염 내음 고개 들고
그미 목소리 왈츠 추는 의식을 목도하라

잠들었던 마을 곳곳마다 불 밝히어
작아진 신경 추어 올리고
좁아진 혈관 시내를 다스리게
찬 가슴엔 화톳불 투닥이게 축복하라

네모에 갇힌 시선
동그라미에 탈취된 귓구멍
검게 그을린 발가락

유배는 끝났다
복직하라, 일하라, 떠들어대라
이 밤 잠들지 못하도록 기꺼이 잠들어라

들고 나는 것

들깨가 익으면서 들깻잎이 까맣게 타들어가고
세월에 익어가는 내 가슴이 타들어가고

사랑으로 볶아진 들깨는 까맣게 색이 드는데
세월이 볶아친 내 머리엔 색이 자꾸만 빠진다.

들볶이면
나이가 들면
색이 드는 건지
빠져야 하는 건지

들깨는 익을수록 깨알이 단단해지고
고독에 익을수록 나는 물렁해지고

완숙한 깨알은 제 삶을 찾아 길을 나서는데
미숙한 슬픔은 제 삶을 잃어 길에 나선다.

익으면
나이가 들면
길을 나서는 건지
길에 나서는 건지

들깨 익어가는 들판 너머
깨 볶을 준비하는 방앗간네 앞으로
들개 한 마리 지나가고,

사랑의 힘

당신을 향해 뿌리내린
나는 한 그루의 나무
사랑의 계량은 빗방울의 수에서부터였다
젖어드는 그대 눈물은
내 눈을 멀게 하고
온 몸 끝까지 흘러들었다
내가 된 너
촉촉한 눈빛에 젖은 행복 너머
어느 겨울 얼어내린 그 마음에
부러진 나의 심장

망각

그리운 마음
가라앉는 건
소멸에 대한 부정
어둠의 껍데기를 풀면
환한 빛의 향연일줄 알았는데
기억의 강은 시들지 않는다

늘 거기 있지 않았지만
새로이 창조되던 그대
태풍 전 후끈함과 시원함처럼
흐려진 경계에
길 잃은 땅거미인 양

잊혀지지 않기 위한
몸부림 속 잠든 기억
혼돈과 고독은
표류하던 단어 파쇼의 징조

목마를 타고
떠나버린 그대,
사랑이여!!!

할리우드*, 또는

망명자의 삶
희망으로 포장된 두려움
하켄크로이츠 나부끼는
민주의 땅 미국에서의 아도르노

전등 스위치를 올리는 건
빛을 가장한 어둠
신이 부여해준 오늘의 역할
달빛 그늘에 몸 누이는,

발정난 수캐처럼
내일에 올라탄 오늘의 허구

본질,
그 끝없는 욕망

* 베르톨트 브레히트의 시 제목에서 따옴

한가위

잠을 잘 수 없다
일 년중 가장 밝은 달이
마음을 밝혀서,
마음이 들켜서
그리움만 비춰보다가
잠을 잇겼다
달의 중심에 너를 심는다
한 가위
한가 위
달 뜨다, 달뜨다

환희

– 보들레르를 위하여

511개의 환한 밤
내 첫 오르가즘
이전은 의미를 잃은 유의미이며
이후는 소멸했다
치명적 애무가 흐르는 입술의 강에
헝클어진 눈빛으로 잉태된 어둠의 출산
그대의 장미빛 하늘을 몸서리친다
나를 품어 무덤이 되라
꼭 안고 놓아주지 않는
까만 밤의
핏빛 꽃, 나의 샤를이여

4부

시간의 틈

물리적인 거리만큼
시간에 틈이 벌고
이별을 경배하는 새벽
반짝하고 별이 녹는다

어제와 오늘의 거리가
오늘과 내일 사이에 홰를 치고
힘찬 날개짓 살포시 안았으니
그만 멈춰 부서지라, 심장이여

끝내 잠들지 못한
붉은 꽃들의 흔적
그리움 혹은 두려움으로 피어 지고

뜨겁게 토해지는 아침해
멍든 가슴에 들어
시침의 박동을 종용하는 지각의 늪

길가메시의 노래

슬프고 두려워라
구애의 눈짓이 서글프게도 왜곡되니 어쩌란 말이냐
오 아름다워라 아프로디테
오 차라리 눈을 감으리 이슈타르
오오 그 누가 비둘기를 평화롭다 했는가 세미라미스
풍요와 다산은 욕심의 말로였는가 아스타르테
사슴의 눈동자를 저격하는 한밤의 아르테미스
쓸쓸히 그대의 등 뒤에 서야만 하는가
외롭고 차가운 여름이어야 하는가
낮과 밤의 연인을 둔 그대 눈동자 속에
차라리 북풍한설 겨울이리니
메마른 마음에 싹이 틀 리 있으리야
무정하다 마오
뜨거운 심장이 타오르는 내음이
우뢰와 같이 온 대지에 내리지 않는가
하여
오늘 시끄러운 침묵이 되려이다

문득 그리운 날에

나의 젊음은 마흔 무렵이었고
몇 해가 지난 지금
사비나의 중산모자가 스스로에게 의미가 되듯
내 젊음도 중산모자의 증언을 따라 멀어졌다
어린 날의 추억은 불현듯 나타나
현재를 지배하곤 한다
한두 번의 젊음이 불쑥 다가올 테지만
바라보고 있기엔 이미 충분히 나이 들었다
시간은 돌고 도는 것이라
결국은 제자리로 돌아오는 것이 바늘의 속성이지만
인생의 바늘은 어디를 떠돌아다니고 있는가
모자는 제네바로
포장지와 리본들은 팔레르모로 보내버리자
속옷은 시골마을 조용한 산중에
셔츠는 작은 도시의 붐비는 거리에 벗어 버리자
완전히 홀가분해지면
시침과 분침이 다시 만나 몸을 섞고
그 때
기쁘게 건전지를 빼버리자
다시 넣어도 어떠랴

그 뿌리는 이제 계속 함께일지니
나는 영원히 젊으리라

젊은 친구의 응원

들어주게나, 베르테르여, 자네의 편지를 꽤나 많이 받았네만 오늘-1771년 7월 30일-의 편지는 자꾸 눈과 가슴에 반복되어 드는구만.

단언하건대, 자네는 어리석지도 눈이 멀지도 자네의 그녀가 표현한 것처럼 무서운 자도 아니네. 단지 자네를 만든 신에게 그 귀책을 돌릴 수는 있지만 그마저 의미 있는 고민은 아닌 듯하네. 다만 그대의 마음 -그래, 그 소유욕 말일세- 그로 하여 자네의 존재를 가벼운 깃털로 여기지 말아달라고 부탁하고 싶네. 안타까운 일이지만 자네가 신봉하는 신은 세상 모든 로테들에게-물론 자네에겐 단 하나의 로테일테지만- 그런 식의 매력과 친절과 침착성을 부여했다네. 창조한 자만의 권리를 우리가 논해서 무엇하겠나. 우리는 그저 창조되었고 창조되고 있을 뿐이네. 자네의 아픈 속을 후벼파는 이 글조차 의미가 있으랴만은 이것이 운명이라면 하나는 확실하다네. 나는 자네의 정열과 욕구를 응원한다는 것이네. 보이기 위한 것을 경멸하는 자네 자신을 위한 그것을 말이네. 부디 기운 내시게.

2015년 4월 19일 자네의 친구 빌헬름 문득으로부터

상고대

그리움과 원망
하루에도 몇 번씩 얼었다 녹는 마음

영생

너와의 기억들에 대해
파스텔톤 채색을 해대던
시간을 증오하며
시계를 돌려놓고, 엎어놓고,
전지를 뺐다가 벽에 던져버린다

시간이 죽었다
모든게 깨끗이 정리됐다
생각하는 찰라, 죽어진 육체에서
영혼이 빠져나와 달력 속으로 들어가는 게 목격됐다

붓을 들어 물감을 찍고 있는
달력을 박박 찢어 쓰레기통에 넣었다가
밭에 나가 불을 놓는다
형형색색 타오르는 불꽃
재가 되어 날아가는 너라는 나

달력이 죽었다며,
모든게 완전히 끝났다며,
잘했다 자위하며,
어제처럼, 오늘도,

카페 델씨엘로

친절한 젊은 주인의 테라스는
각자의 보금자리로 내달리는 자동차들의
지친 하품에 젖은 눅눅한 오후를 견뎌
넉넉한 달빛의 여유를 낚지 못한
고단한 달음박질 속에 잠긴다
느리거나 빠른 자동차 소음과 불빛으로
포장된 테라스 안 테이블에
주말마다 중년 시인이 차려진다
시인을 주문하는 것은 늘상 그 사람
품격있게 다리 꼬고 책을 펼치는 에스프레소
잘 다려진 데미타세를 빼입고
시인의 눈빛과 희끗한 머리색을 마신다
결코 만만하지 않았던 사랑의 고름 고인
시간의 숲에 시큰한 오솔길을 내면서,

깊이있는 체념

그렇게 생겨먹은 청춘이
그따구로 생겨먹은 젊음을 나무라며
눈가에 주름을 깊게 새겼다

그렇게밖에 생겨먹지 못해서
너그럽지 못했고
감정의 파도에 휩쓸리며
눈물조차 나지 않는 현실에 허둥댔다

신이라는 게 있다면
운명이라는 게 있다면
이럴 수는 없다며 이를 갈았다

하루 벌어 하루 마시며
내일 따위 무슨 소용이냐며
본성과 천성을 거슬러도 보고
삐까레스끄적 현실에 내동댕이쳐진 몸뚱아리
이리 저리 굴려도 보았다

이렇게 단순한 낭만주의도 없는데
뭐가 이리 복삽하기만 한지

다 내려놓았다가
좀 더 움켜쥐었다가
거울 속 젊은 아버지의 옅은 미소로
힘 빼는 법을 깨친다

욕심도 포기도 아닌 여유가
만만한 하루를 결코 보장하진 않아도
최악의 비극은 아니었으며
죽는 날까지 계속되는 봄날이 있음을

이 체념이 그 체념이 아님을
아는 사람 다 알고 모르는 사람 죽어도 모르는
곧 죽어도 내 생겨먹은 건 낭만주의라는 걸
깊이깊이 되뇌며 나
라는 심연속으로 스르르

몇 해 전 오늘의 몇 해 후

달빛 더듬은 그림자조차
외면하는
영롱한 비조화
그대가 온다
오지 않는 그대가 온다
올 수 없는 시간이 걸어나온다
오랑주 빛 관념이 새근대며 고개를 든다
젖꼭지에 꽃이 피어 흐른다
따뜻한 바람에 젖은 시선이 녹아내리고
오지 말아야 할 조화가 환호하며 개선한다
봄이 와버렸다는데
덜컥 와버린 그대
환한 빛 가득한 밤이
짙은 어둠에 발가벗겨지듯
잊었다고 확신했던 얼굴이 옷을 벗는다
입술이 말을 건다
발가락이 꿈틀댄다
완벽한 젊음이 벌떡 일어난다
그대가 점령한 밤이 품에 안긴다
차마 버리지 못했던 오랜
술을 마시지 않는 이유가 달아난다

그대가 온다
이미 온 그대 수줍게 오고 있다
황홀하게 취한 술빛 그리움 짙어지고
그 낯설고 익숙한 불면이 고개 들어 다가온다

질투

함께 있지 못한다는 속상함의 일방향성에 대한
혼자인 시간에 불쑥 찾아든 흔적에 대한
그립지도 아프지도 않다는 자위에 쏟아진 소나기에 대한
집으로 가는 길 위에 그려진 유난히 큰 달에 대한
나 없는 사진 속 화사한 웃음에 대한
사랑 빠진 사랑의 감정에 희롱당한 새벽에 대한
굳이 묻지 않아도 될 염려 가득했던 시절에 대한
그리고
그녀의 사랑 한가운데 존재하던 자신과
주변 사물들의 의미 없는 쾌활함에 대한
시간에 저당 잡힌 유일하고 한정된 출구의
조화로운 젖가슴에의 입맞춤

수평선

돌아선 연인의 등허리에
시작되는 설렘이,
바다가 끝나는 지점에
바다에 비친 바다가,
서로의 경계를 뭉개고 있다

알려 하지 마라
진실을 알고 어찌 돌아가리
사랑에도 바다에도
존재치 않는 경계만이 숨을 쉬는 법

찾아가려 마라
길 잡는 순간 잃어지는 길
존재의 근원에 존재하는
무실체의 양면성

그저
살아있다는 것 말고
무에라 의미지랴

이상은의 시를 거르다

내겐 아가미가 없다
이상은의 바다에 깊이깊이 함몰되어
길을 버리고 기꺼이 방황을 천착하는데
숨이 쉬어진다
그래서 숨이 턱 막힌다
내게는 분명 아가미가 없는데
이 바다에서의 뻐끔거림에
상념이 걸러지고
가질 수 없는 소유가 걸러지고
투명한 내가 걸러짐은
누구의 아가미가 내게 돋음인가

어두워져도 당도하지 않는 아가미가 있다
아무것도 걸러 삼키지 못하는 아가미가 돋는다
허공에 던져진 찌가 제멋대로 흔들린다
아가미가 찢어진다
또 하나의 새살이 돋는다
상처난 새살이 숨을 쉰다
밤공기를 걸러낸다

나는 아가미가 없다
나는 밤이라는 걸 모르는 밤을 덥썩 문다

노마드

세탁기와 마주 앉아
빨래를 한다
세탁기는 속옷과 양말을 섞어 빨고
나는 시집과 담배를 섞어 빤다

세탁기가 뱉어내는 물을 피해
맑은 물에 똥을 누는 나는
깨끗이 빨아 잘 마른 옷을
입을 자격이 있는가
헹굼수에 젖지 않아야 할 이유가 있는가

세탁기는 나로 인해 더러워진 옷을 빨고
나는 권력에 구겨진 머리속을 빨고
세탁기는 나의 오물을 빼 버리고
나는 내 오물을 피해가며 똥물을 빼버리고

탈수된 빨래와 유기체가 한 공간에서
꾸덕꾸덕 말라간다
작은 방에서 박리되어 나온 수증기는
더러 하늘에 올라 구름이 되고
더러 더 높이 올라 별이 되고

더러 그 자리에 남아 불면이 된다

언젠가
봄비 오시는 날
빨래 냄새가 비릿하게 방 안을 적시는 날
치사한 현실을 눈감아 버린 유기체에
속옷과 양말만 걸쳐
비행기를 태우리라
구름 위 태양 가까이로 올려 보리라

비즐러를 위한 소나타

군인이 떠난 주둔지의 가을
CCTV 화면에
세찬 눈보라가 인다
밤과 안개가 서로를 경계하며
손 없는 새벽 편의점을
측은해한다
딱 먹고 살 만큼의 움직임이 감지되고
HGW XX/7
슬쩍 눈을 감는다
누구도 믿을 수 없기에
음악은 높이고 자세는 낮춘다
이 땅에도 장벽이 무너지는 날이
오기는 할까
그래봐야 우리는 언제까지나
타인 아닌 타인
그래도,

비상구

그리움이 곰삭으면
바다 위로 솟은 바위에도
풀이 돋는다

절벽 끝
위태로운 소나무에
해를 걸었다
달을 걸었다
걸었다 떼어내는 풀빛 역사

흔들리는
구름과 바람은
나무 이파리에 걸리지 않는다
걸러질 뿐,

당신께, 다만
푸른 씨앗 하나만 묻어둔다
나 살려낼 마지막
내 돌아갈 비상구

종이인간과 입체적 세계의 사랑
– 눌린 자의 열떤 애가를 듣고서

김선주
문학평론가

1. 복제된 진실과 허물들

우린 다양성에 홀린 시대를 살고 있다. 훗날 저승으로 떠날 때 스쳐 갈 주마등은 피카소의 추상화 같을 것이다. 더 훗날 부활했을 때, 전생에서 깨달은 생의 덧없음을 절대 잊지 않으리라. 그때는 샛길로 빠지지 않고 오로지 한 길로 걸어가 단 한 폭의 풍경화를 위해 애쓰리라. 어쩌면 시(詩)는 현세에서 풍경화를 이룰 일시적 방편은 아닐까, 혹은 인생의 다면체를 해소하여 현실에 대한 칼끝 같은 진상을 드러내는 장르가 아닐까.

김대정은 생의 한 단면에 집중하듯 허무의 지대에 시적 오감을 모은다. 그는 숱한 흔적의 덩어리로 환원된 일상을 거닐며 그 흔적 속에서 실체에 목말라한다. 일상은 비어 있는 존재들의 합창이며 가장된 질서의 울타리로 서로를 가둔다. 시인은 이제 막 현실의 민낯에 눈 떠 허례허식의 사슬을 끊고 실체와 허위 사이에 징검다리를 짠다. 누에가 실을 뱉어 제 몸을 감싸듯 거미가 위태로이 허공에 매달리듯 그 시어들로 머물 곳을 짜낸다.

벽을 오르다가 말라죽은 아프리카의 영혼들과
일상을 배반한 언어들의 카페 탈출 시도는 오늘도 실패했다
의미 없는 의미가 춤을 춘다
설득하고, 계약하고, 자랑하고, 맞장구치고, 관리하고, 쓰인 로캉탱이 부활한다
1330-441330-41330-4
정신을 차렸을 때 그는 없다
버스는 청량리 사창가를 향하고 있을 것이고
그곳으로 가는 건 아니라고 말할 게 틀림없다
흐뭇하다

뿌리친다

타락한 데미타세에 입을 맞추고 허리를 감싸 당긴다 그녀의 냄새를 상상한다 버스가 떠난다 돌아올 자리에 현재는 이미 없다 버스가 온다 1330441330413304 붉은 입술과 혀가 꿈틀꿈틀 잠이 든다 과거가 깨어난다

– 〈시간의 수통을 끊다〉 부분

사랑은 세상과 자아의 문턱이다. 시인은 사랑을 통해 사물들로 타자에게로 건너간다. 의식 속에서 사랑이 휩쓴 자리로 인식이 길을 바꾸고 새 길을 만들고 혹은 묵은 길을 지운다. 사랑을 통해 한 인간의 세상 보는 눈이 바뀌게 되는 것이다. 사랑은 살기 위한 통과의례다. 그렇기에 사랑은 김대정 시 세계의 가장 꼭대기에 있는 원형적 이미지라 할 수 있다. 재고 다듬고 깎아내고 만져보는 모든 손길은 사랑의 넋을 흘린다.

그 손길에 닿는 사물이 화자에게 불현듯 낯설어진다. 사물도 사람도 "의미 없는 의미가 춤을" 추듯 허물의 행진처럼 와 닿는다. 일상은 "설득하고, 계약하고, 자랑하고, 맞장구치고, 관리하"는 로캉탱의 구토로 가득하다. 어제와 똑같은 현재와 반복적 일상은 의미를 희석하고 분쇄한다. 이제 화자는 자신이 텅 빈 세계의 한 가운데서 있단 것을 문득 깨닫는다.

그는 의미를 찾아 일상에서 벗어나고자 한다. 카페는 아무것도 자라지 않을 광활한 아프리카 황무지처럼 화자를 가로막는다. 그 광활한 사막은 아무리 걸어도 끝없이 펼쳐진다. 그야말로 넘지 못할 커다란 "벽"을 사방에 느끼며 "말라죽은 아프리카의 영혼들과 / 일상을 배반한 언어들의 카페 탈출"은 "오늘도 실패"다. 그리하여 사랑은 실체와 분신으로 갈라져 화자를 엄습한다.

깨닫기 바쁘게 일상은 실체가 벗어 놓은 허물로 가득해진다. 버스는 마치 전생의 기억처럼 아득한 과거를 가로지를 수 있다는 듯 "현리의 밤을 서성"이며 시간을 기만한다. 그저 떠나고 도착하고 다시 떠날 버스의 행로 앞에 카페의 시공간은 불가항력의 거주지로 둔갑한다. 큰 손이 나를 들고 그곳에 고정하듯 화자는 "타락한 데미타세"와 함께 일상에 함몰될 것을 자처한다. 한낱 찻잔으로 전락한 사랑이 화자를 다시금 기만하려 든다.

그렇다면 일상의 바깥에는 정녕 사랑이 실재할까. 그 자리로는 불시에 달려드는 통증이 있을 뿐이다. 아직도 사랑의 실체는 이승과 저승 혹은 현생과 전생을 가르듯 펼쳐진 아득한 과거 속에 갇혀 지낸다. 그녀 혹은 "그녀의 냄새를 상상"할 힘은 손톱 사이를 비집고 파고든 타는 고통이다. 생살을 지져 부어오른 상처가 망각한 전생을 되살리듯 사랑의 실체를 흔들어 깨운다. 매실나무 가시가 사랑의 허물로 남는다.

썩어지는 손톱 같은 사랑
일상을 휘어 감는 고독한 환희
구름 뒤에 숨은 정열의 냉가슴

부모님 늙어가는 그늘
슬쩍 던져진 회상 같은 흔적이
밤의 길이를 재단한다

앓을 대로 앓고서
수술실로 누웠더니
꼬리 자른 가시
사랑을 갈구하고 있었구나

– 〈생인손〉 부분

사랑은 인두 자국처럼 영원히 남아 있다. 나와 너의 뜨거운 손길은 마치 인두질처럼 오돌토돌, 오돌토돌 일어선 이기와 개성을 꾹꾹 눌러 펴 바른다. 그처럼 두 낯선 자아는 다듬어져 서로에게 알맞은 퍼즐이 된다. 앓는 중엔 사랑의 화기를 결코 알지 못한다. 사랑이 끝나면 그 다듬어진 자리마다 통증이 태어난다. 사랑할 때 뜯기고 잘라내고 이어 붙였던 나와 너의 자취가 통증을 몰고 온다.

들러붙은 책장을 펼쳤을 때 뜯겨 나간 글자들이 서로 서로 옮겨 붙듯 나와 네가 혼재한다. 사랑했던 그 사람은 아직도 내 안에 살고 있다. 나비가 태풍을 부르듯 손가락 끝의 통증이 밑바닥까지 닿아 한 사람을 깨운다. 여기 "매실나무 가시 / 손가락 깊숙이 다녀간 자리"로 그녀가 걸어 나온다. 기쁨인 동시에 괴로운 순간들이 일상을 "휘어 감는"다. 나는 숱한 "밤의 길이를 재단한다", 옛사랑의 환영을 누리며, 사랑의 허울을 앓는다.

가시의 사랑 방식을 통해 사랑에 대하여 헤아려본다. 상대가 아픈 줄 모르고 달려들던 젊음의 포효가 사랑의 본질일까. 기다렸다는 듯 달려들어 손끝을 파고든 매실나무 가시에 시인이 시름시름 앓는다. 매실나무가 "꼬리 자른 가시"로 시인에게 다가왔다. 몇날 며칠을 앓고서 시인은 깨닫는다. 떠난 그 사람도 사실 상처 주기가 아니라 사랑하기를 "갈구하고 있었"단 것을 말이다. 그이도 오래오래 "앓을 대로 앓고" 지샌 밤이 허다하리라.

허위와 가공의 질서에 동화되지 못할 시인의 천성을 잘 알고 있다. 시인은 사랑할 때 결코 가장된 몸짓을 지을 수 없다. 그 사랑은 마치 바다를 느끼기 위해 바닷물로 풍덩 뛰어들듯 남김없이 바치는 사랑이다. 그렇기에 이별의 대상은 시 속에서 화자의 분신과도 같다. 그 사람은 떠날 때 화자의 내밀한 곳에 깃든 어떤 비기를 함께 거둬갔다. 그래서 해후 불가능성은 분신 찾기의 방황을 통해 영구한 자아 찾기의 비극으로 확장된다.

이 잃어버린 비기를 찾아 여정에 오른 한 방랑자가 사랑에 관해 묻고 있다. 사랑이 미궁 속 인생을 밝히는 등대처럼 사방으로 광선을 쏜다. 그리하여 한 개인이 상실한 생의 비기가 인생을 해독할 보편적 비기로 전환한다. 사랑은 인생을 초월한 동시에 그 삶 곳곳에 스며든다. 시인은 운명, 고독, 행복, 또 가족 그리고 청춘, 세월, 언어를 따라 삶의 갖가지 층위를 동분서주하고 있다.

2. 비명 같은 자유의 시어

로켓이 새로운 별을 찾아 날아오르다. 그 옛날 콜럼버스는 미개척 대륙에 닻을 내리다. 지도에 일생을 바친 한 지리학자의 발자국이 조선의 방방곡곡 구석구석까지 서리다. 네안데르탈인이 오스트랄로피테쿠스의 세상을 누비고, 호모사피엔스가 네안데르탈인의 대지를 정복하다. 노아가 드디어 육지에 발을 담그다. 쫓겨난 카인이 낯선 땅에서 희망을 찾다. 사랑이 실종한 제국의 도시에 예수가 내려오다. 아담과 이브가 낙원 밖을 방랑하다.

여기 한 인간의 손길이 한 인간의 푸른 살결로 착지한다. 역사 속 수많은 탐험가가 대지를 누비듯 서로의 손길이 서로의 평야를 뛰어다닌다. 둥글게 껴안은 그들은 태초부터 그 모양인 듯 서로에게 스미고 녹아들고 하나 되어 존재의 윤곽을 지운다. 나와 너의 경계를 허물고 서서히 두 영혼의 색깔도 다르게 채색된다. 서로의 색으로 물들어 다신 돌이킬 수 없을 새로운 색채를 간직한다.

마치 연금술사의 항아리같이 그 새로운 영혼에는 이데아가 맺힌다. 조개가 진주알을 머금듯 전희와 밀어의 연금술로 서로의 영혼은 이데아를 기른다. 클래식 기타의 뱃속처럼 울려오는 존재의 지하로 새 약속의 맹아가 싹튼다. 우린 우리 '아들-딸'의 얼굴이 우리의 얼굴을 조금씩 나눠 가졌음을 안다. 우리 아들-딸들은 콜럼버스와 아담과 이브의 세상과 마찬가지로 우리들의 신대륙이다. 이 새 존재 지평은 부부의 이상향인 것이다.

사랑과 정성 열 달 못 넘겨 밀어내버리더라

합일되지 못하고 밀쳐낸 것이 미안하여
한평생 끼고 사랑해주마 품으려 하건만
내어졌던 기억 자락에 매달려 평생 맘을 아리이더라
몸 밖으로 나온 이상
이미 하나의 주체이건만
숨 쉬는 이유로 주체와 객체 사이에서
괴로워하며 가벼워지는 운명
가벼워지는 건
무거움에 대한 반증임을
시간이 살짝살짝 귀띔하며
주머니를 털어간다
내어놓은 것이 미안해지고
더 내놓을 것 없어지는 나이에
아내는 계란이나마 사서 쌓아놓고
밤새 품어보마는데
철없는 남잔 새벽마다 내다판다

– 〈알음 앓음〉 부분

세상은 유행의 분쇄기를 돌린다. 유행의 속성이 그렇듯 이 세상의 숱한 신대륙은 발견되기 바쁘게 평범해진다. 우리 아들–딸들은 내밀하게 간직했던 순수한 원주민들과 오지의 야자수와 싱그러운 풀냄새, 푸르른 하늘을 잃는다. 그 자리에 공장이 들어서고 수백 가닥의 매연이 춤을 춘다. 기름때로 얼룩진 노동자의 숱한 얼굴들이 그곳으로 이주했다가 떠나가고 다시 돌아온다. 시커먼 군화들과 약탈자의 흉기들과 파노라마로 펼쳐진 가십거리가 기념비적 발자국을 찍는다.

아이들은 깨닫는다. 푸른 하늘도 싱그러운 풀 냄새도 통통한 야자열매도 혹은 순박한 미소도 기꺼이 내어줄 때 세상에 닻을 내릴 수 있다. 여자는 그 세상으로 아이를 "밀쳐낸 것이 미안하여" "평생 맘을 아리이더라." "한평생 끼고 사랑해주마" 영원히 "합일되지 못하고" 험한 세상으로 "밀어내 버리"었다. 그리하여 "더 내놓을 것 없어지는 나이에" 아낌없이 주려는 어버이 마음은 애달프다.

한 여자의 마음이 비탄으로 새카맣게 그을린다. 숭고와 축복과 기쁨이어야 할 탄생기가 뜻 모를 속죄의 시로 화한다. 한 남자와 만나 가정을 꾸리고 아이를 낳고 세상의 시름과 싸워온 속절없는 세월이 흘러만 간다. 세상의 엄혹함을 누구보다 잘 안다는 것으로 그 앎을 앓는다. 제 속으로부터 그 세상으로 아이들을 풀어놓으며 "가벼워지는 건 / 무거움에 대한 반증임을" 약속한 세월이 "살짝살짝 귀띔"해 준다.

2021년 봄

전투화 소리는 없다
다만 들꽃이 피지 않는다
광화문 광장에 전투화 소리가 나지 않던 날
그 땅은 아스팔트로 덮였고
꽃은 땅속에서 울기 시작했다
한 때 들꽃이던 어느 꽃은
이제 꽃이 아니고
향기도 잃었다
푸르던 꽃이었던 꽃이 아닌 꽃은
푸르지 않은 모든 꽃에게
푸를 것을 종용하며 차가워졌다
그래도 또
봄이 온다
노랑, 빨강, 보라
가지각색 꽃들이 토닥이며 움을 번다
푸른 꽃도 어울리며 향기를 찾는다
다시 꽃이 된다

– 〈희극 3곡〉 전문

비로드 깔린 황금 계단은 부서져 너도나도 황금빛 모래알을 쓸어갔다. 루비알 달고 자랑하며 밤거리를 밝히고 섰던 가로수들도 온통 털렸다. 휑한 자리마다 쇠

붙이와 시멘트 길로 덮이고 아무도 세상의 빛을 찾지 않는다. 그 세상에 짓눌린 자들의 분노가 시가지를 밝힌다. 열띤 눈망울의 수정 빛과 욕망의 전신주가 거리에서 뒤얽혀 싸운다. 사슴의 함성과 사냥꾼의 총성이 세상을 울린다.

울분과 소란과 경계 잃은 폭력의 넋으로부터 거리가 해방된 것은 화해도 저항도 아니다. 세월을 이길 순 없다. 그저 묵묵히 흐를 뿐인 세월 속에서 갈리고 흩어져 함성과 총성조차 자취가 없다. 그 시절 우린 너도나도 길가에 조용히 핀 꽃이었다. 아무도 우릴 알아주지 않았노라. 자유를 외쳤으나 그 누구에게도 들리지 않는다. 그 자리에 똑바로 서 있었으나 포식자는 우릴 냉혹하게 쓰러뜨렸다. 아무 망설임 없이 우리 위로 밟고 지나갔다.

우리는 해결 없는 세대다! 거리마다 온갖 가설이나 해제로 숱한 의혹과 물음표가 횡행한다. 한때의 "그 땅은 아스팔트로 덮였고 / 꽃은 땅속에서 울"고 있다. 꽃은 "이제 꽃이 아니고 / 향기도 잃었"구나. 꽃은 향기가 있어서 꽃이노라. 정체성을 잃고 더 이상 자신일 수 없단 사실로 꽃은 지하에서 운다. 한때 열렬히 푸르렀던 "꽃이 아닌 꽃은 / 푸르지 않은 모든 꽃에게 / 푸를 것을" 호소하며 시든다.

땅속의 눈물은 씨앗 되어 "노랑, 빨강, 보라 / 가지각색 꽃들이 토닥이며" 움튼다. 저항으로 푸르렀던 자유의 외침은 눈물로 파릇파릇하고, 비장한 행진가가 잔잔한 애가로 변주된다. 그러나 그 사랑의 노래를 우린 여전히 외면하고 있진 않은가. 현실은 아무도 길가에 핀 꽃을 주목하지 않는다. 광장 위 군화의 발자국은 지워졌으나 아무도 그 꽃의 봄노래를 듣지 못한다.

눌린 자의 사랑이 지하 깊이 내려가 씨앗을 뿌리고 대시로 올라와 뿌리를 내린다. 눈물이 마른 세상에 시인은 눈물을 뿌린다. 너도나도 눈물 젖은 대지로 나와 룰렛처럼 도는 인연과 이별의 행진곡을 부른다. 서로의 대지로 불시착한 손길들 따라 저마다의 내밀하고 아련한 지하에 "푸른 꽃"이 흐드러져, 푸른 세상이 우리 가슴 속에 깃든다. 저마다의 한 사람을 위하여 가슴 속에 봄의 악보를 새긴다.

3. 청동 눈물의 운율로 싸우다

헛되고 헛되도다. 솔로몬의 유령이 세상을 배회하고 있다. 그를 볼 순 없으나 그 전운이 마비를 깨우는 가루약처럼 우리 머리 위로 부스스 떨어진다. 세월 앞에서는 알리바바의 동굴도 이끼와 거미줄과 곰팡이가 슬고 어느 집 금고 속엔 배고픈 벌레들이 나날이 짝짓기 한다. 세월이란 블랙홀이 모든 것을 으깨고 흩어지게 할

지라도 사라지지 않을 사랑이 갈급하다.

그 사랑은 역사가 종말을 고할지라도 인류를 다시 일으켜 세우리라. 포탄으로 하늘을 밝히고 도시가 무너지고 역병이 돌고 사십 주야를 비가 내려 대홍수가 찾아와도 너와 내가 사랑하고 있다면 우린 다시 일어설 수 있다. 흙을 개고 곡식과 나무를 심고 사자와 토끼가 손잡고 뛰어노는 벌판에서 물길을 내고 집을 지어 세상이 다시 푸른 하늘을 되찾게 되리라. 총부리가 우릴 갈라놓아도 절대 좌절하지 않는 강한 사랑을 찾는다.

세찬 소나기는 아버지의 폭풍 같은 눈물이었다.
언제 그랬느냐는 듯 빗방울이 잦아들고
아버지는 꾸역꾸역 물에 만 밥을 뜨셨다.

아들의 이성과 당신의 눈물 속에
시간은 흐르고
누군가는 태어나고
누군가는 떠벌이고
임란이나 흑사병은 지나간 역사가 되어 숨 쉬고 있는데
고모는 소나기처럼 다녀가셨다

– <아버지의 눈물> 부분

가득한 사랑의 허울 위로 아버지가 초인처럼 서 있다. 아버지의 눈물과 사랑은 "폭풍"보다 강하다. 폭풍 같은 힘으로 임란도 흑사병도 휩쓸고 갈 군센 의지의 두 주먹을 아버지는 지녔다. 어느 날 화자는 그 아버지의 "폭풍 같은 눈물" 앞에 선다. 모든 자식은 모든 아버지의 눈물을 결코 볼 수 없으리라. 그런데 오늘 아버지의 울음이 화장실 벽 너머로 강풍처럼 전해진다.

그런 줄로만 알았다. 아버지는 그저 바라보고 기다리며 혼자 우는 존재다. 홀로 고뇌하고 짐 진 채 우리를 등으로 받쳐 든 위대한 아틀라스였다. 우주의 블랙홀도 세상의 세월도 능가할 아버지 고유의 세월이 그의 안에 소용돌이치고 있다. 그 소용돌이가 두 팔, 두 다리 돌리는 아버지의 강력 모터다. 속에 그런 것이 돌고 있는 존재는 어떤 강풍에도 흔들리지 않는다. 그는 이미 흔들린다는 것을 끝끝내 이겨내며 살아왔다.

그런데 그 아버지가 울고 계신다. 길고 긴 역사의 어느 때에 "고모는 소나기처럼 다녀가셨"고, 그 울음은 아직 오지 않은 종말의 징후다. 미리 느끼는 슬픔이다. 아버지가 우시는 동안에도 "시간은 흐르고 / 누군가는 태어나고" "임란이나 흑사병은 지나간 역사가 되어 숨"쉰다. 무릇 삶이 역사에 비할 바에 소나기이듯이 아버지의 삶도 고모처럼 바삐 가시리라. 바쁘고 짧은 소나기가 훗날 "아들의 이성"도 세차게 흔들어 보채리라.

산 자는 계속하여 살아갈 역사의 비애가 그 역사보다 강했던 아버지의 가슴에 깃들던 밤이다. 역사가 돌고 돌아 아들이 아버지 되고 다시 그 아버지가 가정을 이룰 때 눈물과 울음도 돌고 돈다. 이어받고 이어받아 한 가계는 눈물의 역사를 일군다. 그러나 그 슬픔은 미소와 희망을 부르는 눈물이다. 삶을 끈질기게 버티게 하는 눈물 어린 미소다. 별빛이 우주를 가르듯 아버지의 미소가 시간의 강을 가로지른다.

'-같아' 를 '-같어' 로 쓰는
'점심' 을 '점슴' 으로,
'공휴일' 을 '공일' 로 말하는 아비가
소년에게는 창피였다

소년은 아비가 되고
아버지는 노인이 되고
소년의 머리에 아비 이상의 세월이 내려앉고
춘원의 소설이 가슴에 둥지를 튼 어느 밤

국어사전을 펼쳐
아버지의 맞춤법과 발음을 앓다가
부끄러운 아들을 울어낸다
지난 시간 위에 눈물을 게워낸다

아빠는 그것도 모르고…

아이가
아비 된 소년에게 투정을 울고
소년의 아비는 인자한 웃음을 웃고
소년은
웃도 울도 못하고
눈앞에 흐려진 세월을 닦아낸다

국졸이 태반인 시절에
기차 통학으로 고등학교를 졸업하신 아버지는
대학원 졸업한 아들도
초등학교 입학한 아들의 아들도
흐뭇하기만 한데

– 〈국어 변천 역사 위에서〉 전문

아들은 세월이 흘러 아비가 되고 또 아들을 낳는다. 아들의 아버지는 세월이 흘러 할아버지가 된다. 돌고 돌아 "소년의 머리에 아비 이상의 세월이 내려앉고" "지난 시간 위에 눈물"은 불쑥 찾아든다. 언어가 우릴 맺어주었으나 때론 그 많은 말들이 우리를 갈라놓는다. 잊힌 말들, 이젠 쓰이지 않는 말들, 버려진 말들, 그 옛날 한 "소년에게는 창피"했던 말들이다.

아들이 "아빠는 그것도 모르"냐며 투정 부리자 아버지의 가슴에 한 소년이 깨어난다. 그리고 비밀의 문이 열린다. 그저 미소인 줄 알았던 한 노인의 얼굴이 그제야 실체를 달리한다. 그 미소는 눈물이 처한 유형지이며 슬픔을 가둔 감옥이다. 미소는 눈물과 슬픔의 잠금장치다. 암호를 풀듯 "'-같아'를 -'같어'로 쓰는 / '점심'을 '점슴'으로, / '공휴일'을 '공일'로 말하는 아비"의 언어 속에서 헤맨다.

그 "춘원의 소설이 가슴에 둥지를 튼 어느 밤" 열쇠를 돌리듯 "국어사전을 펼쳐" 세대의 벽을 허문다. 이제 "아비 된 소년"은 "아버지의 맞춤법과 발음을 앓다가 / 부끄러운 아들"이었던 과거에 울먹인다. 세월 앞에 흐려진 눈을 닦아낸다. 이제 아비와 아들 사이로 언어는 강들이 바다로 모이듯 나와 너의 세월을 한데 묶는다. 세대를 거쳐 전해진 미소가 "초등학교 입학한 아들의 아들"에게 뜻 모를 여운을 남긴다.

신에 의해 분리된 안드로규노스가 서로를 찾아 나섰을 때 그 갈망은 궁극에 자기 완전성의 향수였으리라. 김대정의 시 세계는 사랑을 잃은 자의 허한 시선을 통해 허무의 지층에 천착한다. 현실이나 일상이 껍데기의 총체로써 나타날 때 사랑의 실체가 그 밖에 살아 있다. 이를테면, 일상이 현상계라고 할 때 일상 밖은 인식 불가능한 물자체의 세계이다. 칸트적 세계에서 이성에 의해 질서나 규칙으로 재구성된 물자체가 바로 우리 일상이다.

사랑은 그 일상에 강림하기 전 오직 실루엣으로 물자체에 살아 있다. 이러한 물자체가 김대정의 시 세계에서 '과거'라는 소여 영역으로 형상화된다. 과거는 전생처럼 아득하고 희미한 시공간이며 현실성 혹은 현실적 시간성에서 유리된 세상이다. 일상의 찻잔이나 카페의 정경(《시간의 숨통을 끊다》)은 사랑의 실루엣이 오성을 통해 질서를 부여받은 결과물인 것이다.

때때로 사랑의 실루엣은 살을 찢는 실존적 사건으로 지상에 드러난다. 손톱 끝을 찌르는 통증(《생인손》)이 사랑의 감각을 깨우고 아득한 과거를 현실에 불러온다. 존재자의 인지 상태가 사랑의 무위를 강화해 현실에 대한 허무 의식을 유도하는데, 이는 염세적 어조나 리리시즘적 운율로 나타난다. 물론 그의 시 세계에 이 권태와 염증을 극기하려는 노력도 준비되어 있다.

꽃들은 전투화와 시멘트로 자유를 잃고 짓밟혔으나(《희극 3곡》) 땅속에서조차 새 씨앗은 움튼다. 꽃들은 울음으로써 살아나는 자들이다. 울음이 씨앗 되어 시멘트를 뚫고 꽃으로 지상에 올라온다. 궁극에는 그 울음이 아버지의 속울음으로 치환되고 있다. 아버지를 우리의 절대 쓰러지지 않을 사랑의 구현자(《아버지의 눈물》)로

제시함으로써, 불행한 분신 찾기가 치유의 자아 찾기로 확장된다.

세대가 단절을 극복하여 언어의 총체와 더불어 슬픔으로 찢긴 자아의 일체성을 회복(《국어 변천 역사 위에서》)한다. 시인은 도피와 긍정, 체념과 희망, 울음과 환희, 절망과 저항의 극과 극을 한데 묶어, 역설적 상황에 돌연히 솟아오르는 일상의 환멸로부터 일어설 힘을 찾고 있다. 우리 생의 저지대로 기꺼이 걸어 들어가 그 자리에 자유의 꽃을 심는다. 울고 있으나 웃고 있는 인생의 다면체와 정면에서 싸운다.

문학과의식 시선집 148

시네 마테리아의 향연

발행일 2021년 8월 16일

지은이 김대정
펴낸이 안혜숙
디자인 임정호

펴낸곳 문학의식사
등록 1992년 8월 8일
등록번호 785-03-01116
주소 우 23028 인천시 강화군 강화읍 시리미로 313번길 34 삼원아트빌 402호
우 04555 서울 중구 수표로6길 25(충무로3가 25-12) 501호(서울 사무소)
전화 02.582.3696 / 032.933.3696
이메일 hwaseo582@hanmail.net

값 10,000 원
ISBN 979-11-90121-28-6